오후 다섯 시詩의 풍경

오후 다섯 시詩의 풍경

이몽희 조민자 한경동 장동범 김지숙 지음

산지니

발간사

오동꽃 피는 날에

이른 봄, 시를 사랑하는 사람 둘이서 오동나무 서 있는 카페에서 만났습니다. 들풀끼리 만나면 함께 꽃 피울 것을 꿈꾸듯이 두 시인은 시집을 만들고 싶었습니다.

"둘이 함께 시집을 만들면 어떨까?" 오동나무 가지에서 함께 부르는 새들의 노래가 아름다웠습니다.

"셋이면? 넷이면? 다섯이면 안 될까?" 몇 해 지난 늦은 봄날 오동꽃이 피었습니다. 시인 다섯이 오동꽃 다섯 갈래의 화관처럼 둘러앉았습니다. 오동나무 빛 커피 위에 오동꽃이 떨어졌습니다.

'오동꽃같이 수수하고 소박한' '오동나무같이 울림이 있는' 시집을 만들자고 오동잎 닮은 손등을 포갰습니다.

꽃 피운 지 참 오래인 저희입니다. 그래서 모두 개인시집을 낸다는 설렘으로, 그리고 저희 시적 가족인 부산시문학 시인회의 작은 지평 하나 연다는 조심스러움과 경건함으로 사랑과 정성을 모았습니다.

2021년 새해, 봄을 기다리며
이몽희 조민자 한경동 장동범 김지숙

차례

조민자

한경동

장동범

김지숙

추강秋江 이몽희 시인

펜과 렌즈로 시를 쓰며

1938년 경남 고성 청광 출생. 열세 살에 6·25를 직접 체험하고 열네 살에 혼자 부산으로 옮겨 결핍과 외로움과 방황 속에서 부산중학교 부산사범학교를 졸업했다.

초등학교와 고등학교의 교사로 20여 년의 청춘 시절을 보내면서 성적과 입시에 시달리는 아이들과 함께 정체성을 지키고 꿈과 이상을 잃지 말자고 격려하며 손을 잡았다. 동아대학교 대학원에서 「한국 근대시의 무속적 구조 연구」로 문학박사 학위를 받았다. 전문대학 교수로 자리를 옮겨 아름다운 청춘들이 날개를 펴 날아오를 수 있게 돕는다는 마음으로 인생 중년의 열정을 쏟아 23년 간 강의했다. 돌이켜 보면 나의 긴 교단생활은 만족과 보람보다 후회와 모자람의 여정인 것 같아 늘 아쉽고 안타깝다.

그동안 문학과 함께 여행과 사진에도 마음을 주어 전국을 다니면서 사랑하는 이 땅의 자연과 사람을 찍어 각종 공모전에 몇 차례 입상도 하였다. 그러다가 1986년 월간 〈시문학〉지의 추천을 받아 늦깎이 시인으로 이름을 올렸다. 현재까지 『달빛의 소리』를 비롯한 5권의 시집, 시 사진집 『그림자에게』, 사진 시문집 『내 사랑 나의 부산』, 시 연구서 『한국 현대시의 무속적 연구』를 출간했다.

봉생문화상, 부산원로문학상, 우하수필문학상 작품상을 받았다.

지금도 내가 어디를 가든 카메라와 펜과 노트 이 세 친구는 나의 영혼처럼 함께 다닌다. 카메라는 내가 렌즈로 시를 쓰는 도구이니 그 역시 나에게는 한 자루 펜인 셈이다.

클로버 언덕에서

주저앉은 김에 쉬었다 가라는 거죠
아득한 옛사랑도 불러보라는 거죠
네잎클로버 한 줄기 꺾어 들고
눈물 나게 안겨오던 그 언덕을
다시 돌아보라는 거죠

풀잎에 영원을 실어 맹세를 서슴지 않던
무모한 열정 또 한번 불러보라는 거죠
풀잎 한 장으로 운명이 바뀌는 것은
삶이 가벼워서가 아니라
손톱만 한 풀잎에 하늘도 실을 수 있는
목숨의 위대함 때문이겠죠

당신의 처진 어깨가 또 한번
하늘 한 모서리 떠메고 일어설 수 있다면
그날 당신을 꿈꾸게 했던 네잎클로버
긴 세월 당신을 기다렸기 때문이겠죠

나비와 탑

무늬 단정한 정장 차림의 검은 나비
산길 돌무더기 꼭대기에 살풋 앉는다
순간, 돌무더기 홀연히
격식 차린 탑이 된다

날갯짓 따라 탑이 숨을 쉰다
맑게 열리는 탑의 눈 안에
푸른 숲 흰 구름이 둥실 떠 간다

돌아서 가다가 뒤돌아보니
나비, 탑을 달고 훨훨 날아
지금 막 산 하나를 넘고 있다

낙화

잘 피기보다
잘 지기가 더 어렵다는 것을
꽃들은 아는 것이다
그래서 꽃은 아무도 모르게 지고
꽃 진 자리에 이름을 남기지 않는다

천태산* 골짜기를 덮어
분홍빛 구름 눈부시던 복사꽃
이틀 뒤 다시 갔더니
흔적조차 찾을 수 없었다

울지 않고 지는 꽃 어디 있으랴
우리 눈 감는 매 순간마다 꽃은 지고
갈 곳 없는 그 이름 고이 거두어
아무도 알 수 없는 추억 속에
깊이 묻고 가는 것이다

* 경남 밀양시와 양산시에 걸쳐 있는 산

먼 길

왼쪽 다리가 짧은 여인이
무거운 손수레를 밀고 간다

여인이 왼발을 내디딜 때마다
보일 듯 말 듯
짧은 다리의 모자라는 길이만큼
살짤살짝 땅이 부풀어 오른다

여인의 왼쪽 다리는
저만 아는 땅의 비밀스런 사랑을
감추어 주려는 듯
살짝살짝 절면서도 힘들이지 않고
먼 길
잘도 걸어간다

술잔

시골 좁은 찻길에
술잔 하나 엎드려 있다
밤새 마신 술에 질려
저렇게 굽은 등을 보이며
한 며칠 술을 끊을 작정인 거다

어느 잊혀진 마을에서
하늘 등진 채 땅에다 입술 비비며
술을 끊듯 인생을 끊을 작정인
그 한 사람이 자꾸
나를 부르는 것 같아

차를 세우고
그 잔을 뒤집어 바로 놓은 다음
다시 내 길을 간다

눈

산과 들이 온전히 빌 때를 기다린다
곡식들이 들을 다 비울 때를
나무가 잎 다 지운 그때를
강물이 흐르다가 지치는 그 밤을

메마른 들의 가슴이
작은 새들을 다 품어 주지 못할
그때를 기다린다

세상이 마르고 시들었다 싶을 그때
눈은 조용히 찾아온다
사랑과 은총으로 지은 이불이 되어
산과 들을 포근히 덮는다

아무도 모르는 환한 은밀함 속에
꽃과 새를 빚어 숨겨 놓고
봄을 기다린다

기적

단체 사진을 찍을 때마다
키작은 나는 언제나 맨 갓자리에 선다
완만한 이등변의 능선으로 늘어선 배열
산기슭 끝자락 오두막 한 채
점이 되어 선 자리
밤이 오면 호롱불 하나 깜빡거리는 그 자리에
나도 서서 눈을 깜빡거린다

들판 제일 멀고 낮은 자리
좁쌀만 하게 핀 하얀 별꽃 한 점
그것이 나다

과분하게도 하느님은
나한테도 꿀을 찾아 날아오도록
나의 작음조차 사랑하는
벌을 만드셨다

이런 것이
바로 기적이다

회야강 回夜江*

스물두 살에 우리 처음 만나
부드러운 품에 조각배 하나 띄우고
꼬시래기회와 소주로
나를 환대해 준 강
첫사랑처럼 다정했던 강

가토 기요마사가
칼 한 자루로 서생성을 쌓고
그 칼에 묻은 겨레의 피를 씻었던 강
그날부터 하늘이 부끄러워
낮에는 소리 없이 엎드렸다가
별빛조차 숨은 밤을 타고 돌아와
울면서 성을 휘돌아간 강
서생성** 벚꽃도 밤에서야 몰래 피고
명선도***의 부엉이도 밤을 새우며
바다를 깨워 울렸던
짧고도 긴 이 강의 멈출 수 없었던 슬픔

* 울산 서생면 진하로 흘러드는 작은 강
** 위 지역에 쌓은 왜성
*** 회야강 하구 바다에 있는 무인도

오늘 밤은 내 가슴을 두드리며 흐르고 흘러
동해 바다 저편까지
회한의 수위를 높이는 강

이름 부르기

누가 나의 이름을 부른다
몇 생애만인 듯
반짝, 눈이 빛을 내뿜는다
눈을 깨우는 이름
영혼을 두드리는 이름

누구든 제 이름은 눈으로 듣고
눈으로 대답한다
해가 아침이슬을 불러 깨우는 찰나
밤새워 기다린 이슬들
온몸으로 눈떠 대답한다
그 대답 보석처럼 빛난다

그리운 사람아
나의 이름을 불러다오
푸른 초원이 아니어도 좋다
그대의 그림자를 베고 누우면
그대의 부름에 답하는 나의 마음은
왜 한 방울 이슬 되어
꽃비처럼 떨어지는가

칠석날

무지갯빛 피라미 한 마리
굵은 소낙비 등을 타고 와서
초가집 마당에 떨어졌다

흐르는 빗물 따라 직녀처럼 요조窈窕하게
우물가 도랑으로 들어간 그는
혼자 사는 우리 집 피라미의 짝이 되었다

다음날 학교에 가니
어제 우리 집 마당에 무지개 서서
은하수까지 뻗쳤다고
건넛마을 아이들이 일러주었다

먼 훗날 피라미같이 예쁜 내 색시도
무지개를 타고 찾아올 거라고
나는 견우처럼 씩씩하게 소를 몰며
콧노래를 흥얼기렸다

구절초

아무리 단장해도 마냥 소박한 꽃
그래서 한 발 더 다가서게 되는 꽃
무리 지어 피어도 눈부시지 않은 꽃
저마다 하나 되어 쓸쓸한 꽃

발꿈치를 한껏 치켜들어도
열 마디에서 한 마디가 모자라는 꽃, 그래서
하늘에 닿아 별이 되지 못하는 꽃
그저 들국화라 불리며
외진 언덕이나 지키는 꽃

혼자 피었다가
혼자 이울어도
빈들을 가을로 채우는 꽃
온몸이 그대로 가을인 꽃

참회

산비탈 끝자락 외진 밭두렁
한 생을 안팎으로 부대껴 온
늙은 호박 한 덩이

초겨울 여윈 햇살에게
문드러져 가는 몸뚱이
통째 맡긴 채

파랗게 고왔던 젊은날의 애호박에게
사죄한다

미안타 미안타
그 시절이 그렇게 소중한 줄을
그때는 정말 몰랐다

다시 봄

꺼졌다 켜지는 불 한결 밝다
안 나오다 나오는 수돗물
냄새도 안 나고 시원하고 맛도 좋다

달이 죽었다가 살아나는 것은
목숨 있음을 확인하는 모험이다
어느 날 그가 영원한 암흑 속으로
빠지지 않으리라 우리는 믿지만
행여 그런 날이 올지
아무도 모른다

그래서, 잠들었다 눈뜨는
그대를 다시 보는 것은
날마다 경이롭다
그러한 아침마다
다시 봄이다

잠언
 – 사랑을 위한

우리 서로
우리 속에 가두지 말자

우리는
우리 밖에서도
우리다

덤

덤은 웃음을 불러내는 마법이다
'이건 덤입니다'
못박인 손이 쭈그렁 사과 한 알 끼워줄 때
주인이 웃고 사과가 웃고
내 입도 절로 벌어진다

단물 흐르는 분홍빛 복숭아
덤이라 얹어주며 복사꽃처럼 웃는
난전의 여 사장님
십중팔구 죽는다는 수술 후 다시 살아왔다
목숨도 덤으로 얹어주는
큰손이 있다

사는 것이 덤이라는
월척을 낚아 올린 사람의
입과 손과 주머니에는 언제나
덤이 넉넉하게 쟁여 있다

새의 눈으로 보다

새들이 나를 보고 있다
나를 보는 새의 눈이 되어
내가 나를 본다

영혼은 욕망으로 찌들고
살은 오염되어 질길 거야
눈물이 다 마르지 않아
먹는 우리도 마음 짠하겠지
좀 더 기다려야 할 것 같아
새들은 멀리 날아간다

관대한 유예!

나도 그날까지 이슬이나 모아
살과 영혼을 정하게 씻고
슬픔은 가을 햇살에 잘 말려서
새들의 뱃속을 오염시키지 말아야겠다

둘러보니 모두가
내가 순한 마음으로 저들에게 갈 그날을

이몽희 35

인내심을 감춘 채
무심한 듯 기다리고 있다

곡비 哭婢*

이름도 낯선 이국의 술 한두 잔 마시고
낯빛도 손바닥도 발갛게 꽃물 들었다
웬 설움에 마른 눈시울이 쓰려
품에서 잠든 하모니카를 깨워
곡비처럼 울렸다

하모니카는 영문도 모르고 눈물을 쏟아
황성옛터를 두어 바퀴 출렁이며 돌고
목포항의 선창에까지 흘러가서
목놓아 옥타브를 끌어올린다

눈물조차 마른 세월의 높은 봉우리
가는 바람에도 뼈가 바스락거리는데
오늘 밤은 어느 사막에 홍수가 났는지
내 안의 모래 언덕에도 비가 내린다
하얗게 말라가던 내 인생이
곡비처럼 젖는다

* 지난날 장례 때 행렬 앞에서 곡하며 가던 여자 종

다리

시도 다리를 건너서 온다
다리가 끊어지면 시는 길을 잃고
다리 저쪽에서 머뭇거린다
건너온 시가 마음에 안 들면
건네준 다리가 먼저 아프다
마음에 드는 시구를 얻으면
한 며칠 다리 아픈 것을 잊는다

문둥이와 걸인들의 안방이었던 다리 밑
나를 그 다리 밑에서 주워 왔다는 소문에
한나절 다리 밑을 들여다보다가
그들과 한패가 되어 바다까지
울며 갔던 날

다리를 건너 나를 따라왔던
기러기 울음 빛 그 그리움이
내 생애 처음 쓴
빛나는 시 한 수였다

첫 사람
– 초등1 민성과 시우에게

모래밭을 걸을 때
발자국을 반듯하고 또렷하게 남겨 보세요
다음 사람이 그 발자국에 발을 넣어 보고 싶도록
아무것도 보이지 않는 길도
잘 보고 걸어 보세요
보이지 않는 꽃들의 이름을 불러 보세요
냉이꽃 제비꽃 민들레꽃 클로버꽃
얼굴을 내밀며 웃음으로 대답할 거예요
다음 사람이 그 꽃에 눈 맞추고 싶도록

나는 먼저 간 사람의 뒤를 따라서도 가지만
뒤에 오는 사람의 앞사람이기도 하지요
나의 뒷사람이 나로 인해 즐겁고 행복하다면
나는 멋진 새길을 내며 가는 첫 사람이지요
하느님 다음으로 위대한
빛의 길을 가는 사람이 되는 거지요

웃음

웃음에는 무게가 없어
저 벚나무들 좀 봐
감당 못 할 웃음 가지 휘도록 매달고도
얼마나 가볍게 성큼성큼
구름 되어 하얗게 떠다니는가
벙글벙글 꽃구경 나온 아이들도
나비 되어 날아오르지 않는가

사월에는 뿌리들도 꽃 피지 않고는 못 배겨
저기 흙 둥둥 부풀어 오르는 것 좀 봐
그 위에 서면 무거운 돌들도
가벼웁게 꽃 피어 붕붕 뜨겠네

함께 웃으면 나도
한 그루 나무
오늘은 푸른 하늘, 뿌리에서 정수리까지
꽃 피어 날아오르겠네

하원河苑 조민자 시인

걸어온 길을 뒤돌아보며

경남 하동에서 태어났다. 중학생 때 군내 예술제 백일상에서 장원을 하면서 시와 인연을 맺게 되었고 고등학교 때 제1회 '대한민국 학생예술문화상'과 '국회 문공위원회 위원장상'을 수상하면서 자타가 공인하는 문학소녀가 되었다.

초등학교에서 교편을 잡고 있을 때 중매로 지금의 남편을 만나 결혼하였다. 층층시하 시집살이와 세 자녀의 육아만도 버거운데 남편과 함께 사업까지 벌였다가 갑자기 쓰러지게 되었다. 큰 수술을 받고 죽만 먹어야 하는 상태에서 다시 글을 쓰고 싶은 강한 소망에 눈뜨게 되었다.

병문안 온 여동생이 경남 여성백일장에 나간다는 말을 듣고 휘청거리면서 따라가 참가하게 되었는데 운문부 장원을 하면서 글쓰기를 다시 시작하였다. 1990년 부산문화방송 신인 문예상과 1993년 경남문학 신인상에 당선되었으며 1994년 월간 〈시문학〉으로 등단하였다.

세 권의 시집 『이 세상에서 가장 아름다운 이름』(시문학사, 1994) 『잎새와 뿌리는 서로 그리워하고』(시문학사, 1996) 『포스트모더니즘 시대에 길을 묻다』(푸른 사상, 2001)를 출간하였다.

한국문인협회, 한국현대시인협회, 경남문인협회에 소속되어 있으며 부산시문학시인회 회원으로 활동하고 있다.

지금은 취미로 동화구연, 고전무용, 합창부 활동을 하면서 행복한 노후를 보내고 있다.

낙조

헹구고 또 헹구어
햇볕에 바래어 말린
광목천같이 질겼던
그녀의 서러운 한 생애가
오늘은 서녘 하늘에
고운 낙조로 걸려있다

진달래

그리움의 빛깔이
저리도 고운 몸짓이었구나
손톱 밑의 고운 살점같이
아리도록 서러운 자태
코끝이 찡해 오는
애처로운 꽃의 속살
언 땅속에 뿌리를 묻고
꽃모가지만 간신히
가지 위에 올려놓은 채
간절하게 웃고 있는 꽃
참아야 하는 일이
너무 많은 세상 때문에
꽃은 피는지 모른다
그리고 나 대신 피어서
저렇게 웃고 있는 것처럼
우는 것인지도 모른다

개나리

새색시 적 입었던
노랑 저고리
피어서 지천이다
앳되고 철없었던 그때
나의 생이
강물에 띄운 배라는 것을
그 강물이 내 눈물로
한 뼘씩 불어나리라는 것을
그때는 몰랐다
언제부터인가 울 줄도 모르는
여자가 되리라는 것조차
인생의 무게 고인돌처럼 무거운
허리 꺾인 지천명의 고개에
친정 가는 길
노오란 개나리꽃 천지 사방 피어서
오늘 내 고향길 반기고 있다

말차

연둣빛 거품 속에
별싸라기 같은 것이
달 부스러기 같은 것이
우주의 은하수처럼 떠 있다
화개 대숲에 불던 바람
계곡에 피어오르던 물안개
지리산의 새벽이슬까지 스며있는
녹두빛 차 한 잔
결 고운 대솔로 오래 그 마음을 저어야
제 향을 피워 올리는 말차 한 잔에
하동포구 팔십 리가 굽이굽이 풀어지고
옥빛 강물로 출렁이며 나도 흐른다

봄날 어느 하루

섬진강을 따라
날개를 접었다 폈다
꽃 소문 따라 날아온
나비 떼 저 나비 떼들 좀 봐!
온 마을이 한 그루 나무가 되어
산수유꽃 신화神話 한 폭
그리고 있네
꽃그늘 아래 자리를 펴니
흘러가던 시냇물 재잘거리며 둘러앉아
꽃핀 사연 굽이굽이 풀어 놓는데
진달래 꽃빛 환한 젊은 산 하나
와락 내게로 무너져 오는
생각하면 오늘도 문득 가슴 미어지는
내 반생의 어느 봄날 하루

첫정

눈물 차오르던
순결했던 시간들
꽃빛으로 달아올라
톡 톡 톡
생살 터지듯 터져버린
핏빛 산다화의 계절
범람하던 슬픔
초록으로 물오르고
화농하던 환부에
새살 차오르듯
머리 풀고 일어서던
아우성 같은 나의
그 봄날

이팝꽃

해 길어 배고팠던
보릿고개
한 많은 세상 살다 가신
우리 외할머니
음력 삼월이면 이밥 한 솥 해서
고슬고슬 고봉밥 담아내신다

봄날

마음을 다 비웠다고 생각했는데
꽃 때문이다 내가 울어 버린 건
순전히 봄 때문이다
진달래 산수유 목련꽃 피는데
벚꽃도 한꺼번에 피어서
이 봄 나를 글썽이게 한다
계절은 너무 찬란하고
내 삶은 적막하다
꽃잎 같은 피를 뚝뚝 흘리며
죽어도 좋다는 생각이 드는 건
한꺼번에 피어버린 꽃 때문이다
한꺼번에 터져 버린 꽃향기 때문이다

모란꽃 피는 이유

이른 아침
뒷산에서 노래하는
꾀꼬리 소리에
우리 집 마당 자줏빛 모란
치마를 벌린 듯
꽃잎을 활짝 열고 있다
저 산새와 모란꽃에
얽힌 사연이라도 있는 것일까
꾀꼬리 소리에 저렇게
모란꽃이 피는 걸 보면

연화도

느낌표 같은
섬 하나
바다 위에 떠 있다
뭍으로 가고 싶었던 땅
사랑이 되고 싶었던 여인
모두 바다가 되어간다
날 선 칼날처럼
내 허리에 깊은 통증으로
자리 잡았던 그리움들
원추리 꽃으로
천지 사방 피어나고
안타까이 부여잡고 있던
인연의 끈 하나
툭 놓아버리는
연화도의 하루
오늘은 나도 침몰해가는
섬이다

빗방울

삶이라는 것이 조그마해져
손톱 위에 올려 앉힐 만큼
아주 조그마해 져서
내리는 빗방울 하나에
하루가 다 젖는다
빗속에 지고 있는 꽃잎 하나에
마음도 포근히 덮이는 오후
산다는 건 마음의 웅덩이를
조금씩 메워가는 일이라는 걸
깨닫게 되는 나이
오늘은 내게로 스민 빗방울 하나에
이승의 삶이 온통 젖고 있다

삶

가슴 한켠에
시퍼렇게 멍이 든 바다 하나를
가둬 놓고 산다
눈물이 고여서 소태처럼
짜디짠 염분의 바다
날씨가 흐리고
대기가 낮게 포복하면
늑골 밑에서 울부짖는
파도 소리를 들을 수 있었다
삶을 통째로 삼켜 버릴 것 같은
몸부림치는 바다를 느낄 수가 있었다
뜨겁게 끓어오르는
염전 같은 생生을 끌어안고
나는 소금처럼 녹아내리는데
아무도 모른다
삶이 얼마나 짜디짠 회한의 눈물인지
거세게 몰아치던 쓰나미였는지를

화살

그렇게 한번
살아 보고 싶었다
푸르디푸른 생목숨
사는 것처럼
나도 그렇게 한세상
살아 보고 싶었다.
팽팽하게 당겨진
활시위를 떠난 화살이
바람을 가르며
과녁으로 날아가듯이
나는 세상의 중심에 가서
거침없이 꽂히고 싶었다
지심 깊숙이 불화살로 꽂히어
푸들푸들 떨면서
자지러지듯이

나무

당신이 내게 처음 다가왔을 때
신선한 연둣빛 설렘이었다
잊어버리고 살다 문득 부딪쳤는데
무성 무성한 녹음이었던 그대
그러나 나는 안다
머지않아 그대의 가슴속 불이
실핏줄마다 터져 나오리라는 것을
온몸 핏빛으로
물들어 버리고 말리라는 것을
연두라고 생각했을 때
초록이라고 느꼈을 때
나무는 제 속에다 붉디붉은
서러운 사랑을 키우고 있었다

은행잎

칠불사 가는 길에서 만난
거목이 된 은행나무
온몸 금빛 드레스로 장식하고
마음이 가난한 이 가을날
맘껏 가져가라며
황금빛 지폐를 마구 뿌려준다
욕심 없이 몇 장 골라서
지갑 속에 간수한다
지상에서는 천상의 저 노오란 지폐가
통용되지 않듯이 이승의 돈도 금도
천국에 가면 아무 소용없겠지
누군가 서명한 부도수표처럼
죽을 때까지 변치 말자고
손가락 걸었던
지난날 우리의 언약처럼

고백

바다는 하루 종일
똑같은 말만 한다
무슨 원이 저리도 많아
한 말 하고 또 하고 또 하고
억겁의 세월을
같은 말만 되풀이하는가
단발머리 소녀 적에 간직했던 말
중년의 여인 되어 하고 싶었던 말
할머니가 되어서도 듣고 싶은 말
남해 바닷가 작은 어촌 마을에서
하루 종일 파도가 목이 쉬도록
중얼대며 하는 말을 듣고 있다
사랑한다 사랑한다 사랑한다는

에밀레종

한도 오래 삭으면
그토록 맑은 울림으로
터지는 것일까
첫새벽부터 자정까지
어미를 부르며 울던
전설의 에밀레종이
지금은 종각 안에 갇혀
침묵하고 있다
비천상을 허리에 두르고
이승과 저승을 넘나들며
그렇게 절규하더니
비장감 돌던 춤사위 벗어 놓고
소리도 접고 한도 지우고
이 한 시절 묵언으로 견디는구나
언젠가는 터져 나올 수밖에 없는
한 맺힌 울음소리
제 안에 가둬 놓은 채

강

출렁이고 있었다
몸 어딘가를 누르면
넘쳐서 범람할 것 같은
시웃물 든 강물이
산다는 건
눈물을 온몸 가득 가두어 놓고
나를 담금질하며 위험 수위를
견디고 있는 것은 아닐까
가만히 귀 기울이고 있으면
출렁출렁 물살이 영혼의 뚝을
허물어뜨리는 소리 들을 수 있다
막 범람하기 직전의 성난 강물 소리를

해질녘 낙동강

조금씩 비가 내리고
강은 어깨를 잔뜩 웅크린 채
깊은 생각에 잠겨 있다
그 모습이 안쓰러워
무척산이 슬며시 내려와
제 어깨를 덮었던 안개를 풀어
강의 시린 발목을 덮어준다
환하게 불 밝힌 경부선 열차
느낌표 하나 가슴에 남기며
떠나는 저물녘
울다 그친 낙동강의
젖은 눈동자에 비친 무척산이
내 가슴에 그림자만 떨구고 있는
그대 모습 같아서
오늘은 내가 강의 배경이
되어 주기로 한다
비 오다 그친 어느 쓸쓸한 오후

대봉감

떫고 텁텁했던 몸
염천 땡볕에 익혀
소낙비로 씻어 내고
풋내 나던 열정도 치기도
다 삭여서
농익은 가슴이 된다
숨길 끊어질 듯
팽팽하게 겨루던
떫고 비리던 오기도
안으로 순하게 다독여
저리도 매끈한 항아리 속
단물로 녹여 담았나 보다
기다림도 그리움도
애증愛憎조차도 삭여서
동짓달 설한풍
한겨울도 품을 수 있는
가이없이 둥글고 달달한
사랑이 되고저

성산成山 한경동 시인

평생을 교육자와 시인으로 살다

태평양전쟁 말기인 1943년 3월 경남 고성에서 태어나 대성초, 고성중, 부산사범 등을 거쳐 부산대 교육대학원에서 수학, 교육학석사 학위를 취득했다.

1961년 3월 초등학교 교사로 임용되어 약 7년간 봉직한 뒤 중등교사로 승직했다. 웅촌중, 마산상고(현 마산용마고), 마산여고, 김해여상 등에서 근무하다가 1991년 3월 부산교육청 장학사로 발탁되어 이후 교감, 장학관, 중등교육과장, 내성고 교장을 지낸 뒤 2005년 8월 동래고 교장으로 정년 퇴임했다.

교장 재임 중 조선통신사문화사업회 및 부산문화재단 이사로 위촉되어 활동하였고, 의인 이수현 선양회를 발기, 지금까지 회장을 맡고 있으며, 부산 동의대 교육대학원에 출강(3년)하다가 퇴임 후 부산지법, 부산지검 등에서 민사 및 형사조정위원으로 위촉되어 약 5년간 사회정의와 준법정신 앙양에 공헌했다.

어린 시절 낙상으로 초등학교를 2년 정도밖에 못 다녔는데 치유 틈틈이 각종 문학서적을 탐독하며 글쓰기에 재미를 붙였고, 어른이 되어 늦깎이로 〈현대문학〉 지상백일장(시조 부문) 차상 입상(1985), 〈경남문학〉제1회 작품공모(시 부문) 당선(1990), 월간 〈시문학〉 신인작품상 등에 당선(1995)되어 문단에 입문했다.

시집으로는 『과일의 꿈』 『비둘기는 야성의 숲이 그립다』 『빛나는 상형문자』 『누운 섬』 『목간을 읽다』 등을 상재하였으며, 시작 활동을 하면서도 현재 사회교육기관에서 10여 년간 한국문화사를 강의하며 평생교육에 이바지하고 있다.

오시게 시장

그냥 편하게 아무 옷이나 걸치고 오시게
한물 간 생선이나 팔다 남은 푸성귀처럼
아직 버림받고 싶지 않은 사람들이
사라져가는 그리움을 찾아오는 곳

보리쌀 한 됫박이 한 자루로 바뀌던 장터에서
쉬익-펑, 뻥튀기소리에 덜컥 간 떨어지고
튀밥 한 톨 더 주워 먹겠다고 설치던 그때가
왠지 눈시울 적셔도 서로 못 본 척 하겠네

그래도 가슴에 고이는 그 무엇이 있다면
저기 외진 측간에서 오줌보 먼저 비우고
어디 삐걱거리는 나무의자에 걸터앉아
뜨거운 쇠고기국밥에 독한 소주라도 곁들이세

이 땅 몇 안 남은 우리들의 변방
생선장수 이십 년에 여섯 식구 혼자 거두었다는
여장부 김씨, 무엇에 골났는지 떨이는 끝났는지
대낮부터 씨근거리는 품이 거슬려도 눈감아야 하네

내일은 어디로 가야 하나
장돌뱅이라고 손가락질할 사람 없겠지만
말버릇 한번 뻣뻣한 오시게 시장
가을바람 혼자 남아 파장罷場을 쓸고 있다

산정호수*

세상의 머리꼭대기에서 물을 본다
머리꼭대기까지 차오르는 분노를 본다
하필이면 눈물겨운 진달래꽃도 피고
벚꽃 하늘하늘 떨어지는 산정에서
세상에서 가장 외로운 사람의 눈망울을 본다
오늘따라 바람도 갈래갈래 흩어지고
골짜기마다 물길이 졸아드는 산줄기줄기
세상의 발가락끝에서는 복사꽃이 피는데
아직 조바심 낼 때 아니다 혼잣말 하면서
가슴 밑바닥에서 치미는 울분을 본다
눈물 그렁그렁 고인 산정호수를 바라본다

---

* 경남 밀양시 삼랑진 천태산 정상에 있는 인공호수. 양수 발전용으로 건설
했으나 현재 거의 가동하지 않고 있다.

모두가 섬이다

오늘이 어제가 되고 내일이 오늘이 되는
존재와 부재의 윤회 속에서
우리는 무엇이 되고 있는가

뭍에서 보면 섬은 찢어진 깃발이다
섬에서 바라보는 뭍은 언제나
그리운 강물이다

이 막막한 세상에서
누군들 섬이 아니랴

애써 다리를 놓기 전에는

모퉁이

말투부터가 퉁명스러운
가장자리 따라 휘어지거나 꺾이는 곳
죽어라 하고 달려가다가는
넘어지거나 주저앉기가 쉬운 모서리
아니면 눈에 멀어져 그늘지고
후미진 또 다른 이름 귀퉁이
내 서 있는 자리 아직
거기 아닌지 씁쓸할 때가 있다

추억 사냥 1

아침부터 키를 쓰고 소금 받으러 간 일은 어제 같고
생울타리 사이로 불러내는 따스한 햇볕을 동무삼아
삼사월 긴긴 해 청보리밭 쏘다니던 일도 잊은 채
오뉴월 뙤약볕이 갑자기 먹구름을 불러오면
황소 등을 다투던 소나기도 어느새 처마 밑에 서 있는데
왜 그런지 눈물 아닌 빗물이 흐르네

그때 덕선리

하늘엔 달이 뜨고 지붕 위 박꽃 피던
자글자글 돌 구르며
가슴 한복판으로 흘러가던 시냇물소리
내 편지는 몇 번이나 읽었을까
참 오래된 기억 저편의 마을 이름
쓸쓸한 날 해거름의 그리움 한소끔

풍선

가슴이 저절로 부풀어
둥둥 떠다니던 때가 있었다

잠깐, 아주 잠깐 사이에
바람 빠진 풍선이 되어 주저앉았다

날개는 의지의 힘으로 날고
풍선은 바람에 몸을 맡기는데

누가 눈알이 튀어나오도록
바람을 불어넣어 다오

내 힘으로 날아갈 수 없다면
차라리 풍선처럼 터지고 싶다

마애불
– 무상 4

마애불은 돌 속에 갇혀
잠시도 몸을 뉘일 수가 없다

눈썹 위에 만 섬 무게의 졸음을
들었다 놓았다

누가 나를 번쩍 들어
돌 속에 가둬 다오

그냥 눈 끔쩍 않고
천년을 견디나 보고 싶다

비단길

이름만 비단 같은 비단길
금세 별비가 쏟아질 듯 밤하늘
낙타 속눈썹 위에 내려앉은 모래먼지
까맣게 그을린 소년의 덧니
굳은 빵조각 한 입 베어 물고도 행복한
흰옷 입은 사람들의 웃음소리
신기루처럼 떠오르다 사라진 나의 전생
마음은 모든 것을 만들고 다스린다는
쉽고도 어려운 법구경 한 구절
가고는 소식 없는 나그네

선인장

등을 보이는 건 서글픈 일이다
말없이 떠나는 가슴도
차마 붙잡지 못하는 마음도
가시를 건드린 풍선처럼
금세 바람이 빠진다

가물가물 멀어져가는 뒷모습이
이윽고 작은 점으로 소멸될 때
나는 사막 한가운데서
오도 가도 못하는 선인장

사랑한다 사랑한다
내 가시로 내 온몸을 찌르며
뜨거운 모래 언덕에서
돌아오지 않을 너를 기다린다

다시는 만나지 말자는
가시 돋친 말은 않았지만
십년이든 백년이든
내 무른 살 터져 꽃이 필 때까지

각시붓꽃 2

옛날 어머니가 숨어서 울먹이고 있다
시퍼렇게 멍든 얼굴이 애처롭다
옛날 어머니들은 죽어서
각시붓꽃이 되었다고 한다
우리 어머니도 각시붓꽃이 되었는지
산에 갔다 온 날에는 걸핏하면
꿈에 어머니가 보이고
한 사흘 몸살을 해야 분이 풀린다

개똥참외

보리 풋바심은 말만 들어도
생솔가지 연기가 너무 맵고
참외서리 수박서리는 너나없이
별 죄라는 생각을 안 했는데
그때 왜 열무밭 고랑에서 똥 눌 적에
용쓰느라 반쯤 감은 눈을
번쩍 뜨이게 한 개똥참외 하나
똥구멍이야 콩잎 몇 장으로
닦는 둥 마는 둥 했다마는
누가 볼세라 옷섶에 쓱쓱 비비고는
한입에 베어 먹던 그 꿀맛 같은 맛
어디서 주워들은 길거리 영어
투맨 짭짭 원맨 다이 아이 돈 노우

그 시절
개똥벌레도 신이 나서
여름밤하늘을 휘젓고 다녔다

카탈레냐

오뉴월 가뭄이 아무리 무심하다 해도
성질 급한 소나기 한 줄기
외삼촌처럼 잠깐 들렀다 지나간다
꽃들은 제멋대로 피고 지는데
살면서 한두 번은 한눈팔았을 사내들아
땡볕에 그을려 가시만 남은 장미 대신
이국의 여왕 같은 꽃 때문에
오늘은 내가 좀 그렇다
이름은 얼른 생각 안 나지만
몇 번이고 뒤돌아 보이던 그 여자
어쩌면 꽃이 피는 아름다운 이유를
그 사람은 알고 있을 것이다

기월리별곡

열사흘 넉넉한 달빛 마당귀에 환히 차는
키 낮은 지붕마다 박꽃 가득 피던 마을
수수러진 마음만큼 못 따르는 걸음으로
풀밭머리 들꽃 같은 그 사람을 그리면서
찌르르 풀벌레소리 귀를 세워 따라가면
저문 들 허허한 바람 울먹이며 산을 넘고
반생의 쓸쓸한 기억도 뒤척이는 기월리

기월리基月里

살아있는 것과 사라지는 것 사이에서
내 고향 기월리는 그믐달보다 어둡다
달의 자궁 같은 곳이라서 기월리基月里
애첩 몰래 숨겨놓기에는 애월리涯月里에 못 미치고
내해 깊숙이 갯마을 수월리水月里에 달이 뜰 때
외삼촌 구성진 육자배기 가락은 차마 못 따라가지만
대밭에 물결치던 달빛은 다 어디로 갔을까
튀밥 가득 이팝나무 꽃이 흐드러지게 피던 해에
유독 누런 얼굴로 뜨고 지던 보릿고개의 달
울 어매 도붓장수 돌아오는 길 밝아서 좋았고
울 아배 나뭇짐 지고 발 헛디디지 않아서 고마웠다
그 달 차고 이울고 수수만 번 지난 지금에 와서
살던 집 헐리고 덩그렇게 높이 선 아파트 숲 언저리
폐가로 남은 이웃집 장독대에 핀 맨드라미꽃 한 송이
낮닭처럼 볏을 세우고 홰를 치고 있다

허무한 부탁

아무리 내 몸이 허전해도
질 나쁜 여자는 가까이하지 마라

혹여 친구가 좋다고 함부로
철없는 녀석은 사귀지 마라

놀고먹은 지 하도 오래라서
마누라마저 종적을 감춘 옆집 아저씨
한 잔 술에 거나하게 눈시울 붉히며
몇 번이고 당부했다

그때는 무슨 말인지 몰랐는데
다시 생각하니 우습고 쓸쓸하다
괜히 뒷맛이 짠하고 쓸쓸하다

뻐꾸기 소리

그 여름날 뻐꾸기는
목이 메어 울었다
이제 가면 언제 오나
앞소리처럼 울었다

우리 집 뻐꾸기는
시시때때로 운다
내 집이 제집인 양
듣거나 말거나 운다

선운사 뻐꾸기는
젓가락 장단에 운단다
올해도 동백은 피었다고
술어미 목청으로 운단다

들리는 소리

젊어도 한창 젊었던 어느 봄날
우연히 다가왔던 그 사람
밤새도록 내 무릎 끌어안고 울었다

새소리 바람소리
가는귀먹어 세상소리 차츰 멀어져도
눈물 젖은 그 무릎 아직 촉촉하고

이름조차 잊은 그 사람
풍경처럼 내 마음 추녀 끝에 매달려
이제는 밤새도록 나를 울린다

무인도

우리 서로 많이 아는 것 같았는데
더 모르는 일 많아 가슴 답답하니
그날 그 기억은 어디 두고 먼 바다를 헤매어
다시 조막만한 섬으로 몸져누웠느냐
내 뱃머리에 사랑의 이름으로 비끄러맨
배 한 척 부릴 틈도 주지 않고 당신은
말없이 새벽안개처럼 깊이 잠들었으니
젊은 날 별빛 속 만남은 너무 가벼웠구나
밤낮없이 나눈 밀어는 밀어대로
그리운 마음은 마음대로 헤아려보았지만
우리 서로 오가는 뱃길 한꺼번에 끊어져
이제는 영영 남남이 되겠구나
밧줄 끊어져 그냥 스쳐가는 무인도가 되겠구나

즐거운 외도*

삼동三冬 지나 해동解冬 무렵에 가는
여수 오동도 울산 춘도만 섬이던가
동백꽃이야 선운사 늦동백이 으뜸이라고
미당 선생 죽어 뻐꾸기가 되어 울면서
삼남으로 떠돌며 여우비를 뿌리던 초여름
우리는 무작정 거제 외도 찾아가
하마터면 큰일 날 외도를 꿈꾸었지
하필 이런 날 바람 불어 망치다니
풍랑으로 뭍에는 못 오르고 섬 밖을 에돌면서
혼자서는 외로운 외도 외도 외도
내심으론 은밀한 유혹에 시달렸지
차라리 숨겨둔 정부情婦 살짝 데려와
시뻘건 대낮에 죽기 살기로 입맞춤이라도 한다면
우리 미친 사랑의 그림자 용궁에 닿을까
저 푸른 바다 위에 연꽃으로 필까
철 지난 동백꽃이 섬 안에 필까
아쉽고도 즐거운 한나절의 외도

* 경남 거제시 남단에 있는 작은 섬. 인공 조경으로 아열대성 식물이 많아
관광지로 유명하다.

수촌壽村 **장동범** 시인

읽고 쓰는 나날의 즐거움

1952년 '가고파'의 고향 경남 마산에서 태어나 그곳에서 초 중 고를 거쳐 부산대 문리대 국어국문학과를 졸업한 뒤 쭉 부산에서 살고 있다.

1976년 중앙일보 동양방송 기자로 출발했으나 1980년 언론 통폐합으로 KBS로 자리를 옮겨 주로 부산 창원 울산에서 기자 부장 방송국장 등을 맡아오다 2010년 퇴직했다. 학업에도 미련을 버리지 못해 부산외대 경성대에서 2개의 석사학위를 딴 인연으로 두 대학에서 7년간 초빙교수로 일했다.

1999년 월간 〈시문학〉에 늦깎이 시인으로 등단해『심심』등 7권의 안 팔리는 시집을 자비로 출판했으며 30년 언론인 생활의 소회를 적은 칼럼집『촌기자의 곧은 소리』도 상재했다.

백수인 요즘도 책을 읽고 주로 짧은 시를 즐겨 쓰며 불교에 관심이 많아 나름 공부도 하고 있다.

별목련

입춘 지나
오랜 그리움
가녀린 우듬지로
허공
꽉, 움켜쥔다

와룡매

해마다
윤회하는
고행의 꽃

속 비워
피골상접한 모습
차마
꽃만 못 보겠네

너에게 묻는다
- 나태주의 '풀꽃' 패러디

자세히 보니 예쁘다고?
오래 보니 사랑스럽다고?
너도 그렇다고?

벚꽃

가냘픈 다섯 잎
한 송이로도 족한데
팝콘 튀기듯
마구 피어 올리는구나
이내 떨어져 휘날릴 것을

묘작도 猫鵲圖

봄날 한때
대숲 가까이 늙은 고양이
허전한 배 부여잡고
이리 뒹굴 저리 뒹굴

주변 갸웃갸웃하던 까치
깍, 깍, 깍, 동무한다

쑥개떡

고향 땅 흙으로 돌아간 어머니
언젠가 홀로 지내시던 촌집 마당
봄볕 아래 시나브로 캔 쑥
오늘 아침 식탁에 올랐다

차진 쑥개떡 한 조각에
나이 든 자식이라도
어찌 그립지 않을까
울컥, 목멘다

세상에 마지막 남기신 쑥개떡
먼 하늘 보고 꼭, 꼭, 씹으며
오래전 모정 이어준
지나가는 봄이 고맙다

오월

재개발 아파트 울에
붉은 덩굴장미
흐드러지게 피어났다
사이사이 영산홍, 찔레꽃도

이밖에 무욕無欲의 오월
어떻게 표현하랴

거미줄

오, 허공에 지은
아름답고도 슬픈
삶과 죽음의 집이여!

감자

울퉁불퉁
가난하지만 튼실했던
돌담마을 형제들

빈 배

해무 옅은 아침 바다에
빈 배 한 척 건들건들
미풍에 한가하다

묶인 줄 풀려
저 대로 수평선 넘어가면
잘 가는 것인가?

후박나무

봄부터 식솔 건사하느라
부쩍 여윈
몸 아래 드니
어제 내린 빗물
입적한 스님 법문처럼
후두둑, 떨어진다

배롱나무

푸른 것도 지루하시죠
조금만 기다리세요
붉은 꽃, 뒤늦은 애일愛日＊로
백일쯤 점점이 피어나
늙은 자식 재롱 볼 겁니다

＊ 늙은 부모에게 효도하기 좋은 날이란 뜻. 농암 이현보의 고택엔 애일당이
있다.

매미 5

한여름
뙤약볕 아래
잠시 울다 간
시인의 허물

닥터피쉬

꼼지락, 꼼지락
잡식동물의 발가락
톡, 톡
물의 집 미물

꼼지락, 톡
꼼지락, 톡
자리이타自利利他의 교감

적멸보궁에서

한
계단
한 걸음
애써 올라
휴- 텅 빈 쪽
향해 좌정하니
내 안 바로 거기

은목서

아득한 향에
옛 젖 그리워
애먼 늙은 나무
품 파고든다

야쿠르트 아지매

까꼬막
허리 곧추세워
전동차 모는 아지매
'메멘토 모리!'* 외치는
개선장군보다 당당하다

---

* 개선하는 로마 장군들이 포로인 노예들에게 "죽음을 기억하라!" 외치며
뒤따르게 했다.

노송

통도사 극락암 초입에
줄지어 하늘 향한 노송
극락에는 길 없다는 말씀에
꿈틀대며 곧장 승천할 듯

존재와 무無

한때
행인이 잠시 쉬며
고둥 까먹고
남은 길 갔다

천지개벽 후
그 자리
고둥 껍데기만 남았다

12월

까마귀들
빈 가지에 위태롭게 앉아
물끄러미 굽어본다

풍경 위에 겹친
찢어진 검정 비닐
찬 바람에 휘날린다

혜월당慧越堂 김지숙 시인

시의 숲을 거닐다

부산에서 태어나고 자랐다. 학산여중 시절 담임선생님 덕분으로 윤동주 시집을 통째로 외우면서 시에 첫발을 디뎠다. 중앙여고 독서반을 거쳐 동아대 교지편집장을 지냈다. 대학생문예작품상(1980 시문학, 심사위원 박재삼)을 수상했고 시에 대한 열정을 키웠다. 동아대를 졸업하고 엄마로 아내로 살면서 수년 후, 새삼 同대학에 진학하여 문학석사(1999년) 문학박사(2002) 학위를 받았다. 월간 〈시문학〉 우수평론신인상(2000) 설송문학상 우수평론가상을 수상(2005)했다.

동아대, 신라대, 인제대, 부산경상대, 부산예술대, 부산여대 등에서 현대문학사 문예창작론 등을 강의(1999~2014)했다. 동아대 석당학술원 특별연구원 부경대 인문과학연구소 일반 연구원 부산발전 연구소 외주연구원 등을 역임(2010~2017)했다. 저서로는 학위논문『일제 강점기 한국현대시의 자연에 관한 연구』(2002) 외 5권의 대학교재, 60여 편의 논문, 50여 편의 평론, 2권의 시집이 있다.

다산초당 국어논술원 원장(2006~2018) 부산시문학시인회 회장(2018)을 역임했다. 현재, 한국시문학문인회 부회장 부산문인협회 부산시문학시인회 회원으로 활동하며, 45년간 시를 절친이자 멘토 삼아 살아간다. 문학심리상담사, 캘리그라피지도사, 한식조리사, 독서지도사 자격을 취득해 다양한 사람들과 만나 취미를 겸한 봉사활동을 하며 살아간다.

'지금 행복하자'라는 후반기 삶의 목표를 실천 중이다.

꽃섶

매화나무 아래 자리를 깔았다
처음 핀 꽃을 차로 마신 밤
머릿속 가득 꽃몽아리들이 고개 숙인 채
두두둑-뚝 눈물 흘리고
혹은
초록빛 틈새로 방시시 웃는다
소신공양한 매화가
꿈속에서 만다라를 그린다.

채운

전생全生이 슬며시 누웠다
천길 허공 휘감고도 남은
옥양목 치맛자락에
슬그머니 건네는 무지갯빛
그 마음

봄에

예닐곱 된 목련꽃
똘방똘방한 눈망울에
바람이 멈춰선다
매서운 추월랑 등 뒤에 맡기고
고것이 참, 해 없이 맑다
술술 열리는 꽃길 걸으면
첫 꿈
깨우는 하얀 종소리

푸른 명상

남해 허리까지 내려온 설흘산이
벼랑에 기대어 불덩이를 삭인다
다랭이 논마다 초록을 지우고
붉은 머릿결 너풀너풀 풀어 놓는다
이랑의 가락에
느린 석양을 담은 수천 년,
박속 같은 삶은 물웅덩이에서 눈부시다
때로는 종유석 되고
때로는 치맛자락 푼 풀등처럼
익숙한 계단을 밟은 업장들이
달랑달랑 주머니로 매달린
다랭이 논의 명상, 파묵칼레

벚꽃招

비 내리고 바람 부는 날
만개한 벚꽃은 서러운 춤을 춘다

꽃잎이야 곱지만
떨어져서 와 닿는 부드러움은
할 말을 모두 놓아버리고 만
서글픔이다

핀다고 모두 꽃이고,
진다고 다 쓸쓸함이랴

만개한 벚꽃은
모든 힘을 다 쏟고
할 일 모두 끝낸
백발의 빛나는 청춘이다

흐린 날
낮달처럼 웃고 선
저 꽃잎들

옷

손이 가는 옷은 언제나 정해져 있다

살 때 마음과 입을 때 마음이 같지 않고
보기에 좋고, 입어 편한 옷은 서로 다르지만
다 헤지도록 입는 옷 몸에 꼭 맞는 옷은
늘 뒤늦게 알게 된다

널리고 널린 사람들 속에서
'밥 먹자' '얼굴 보자' 수없이 만나 봐도
추운 세월 언 상처 다 읽어내지 못하지만
헤어지면서 다시 만날 날 잡는
아쉬움 속에

늘상 만나는 인연에서
자주 입는 옷의 안도감을 느낀다

버들마을

풀섶 헤치고 들어선 들판에서 詩들이 정강이 따라 붙고
　마을 사람들 얼굴에 분홍햇살이 분칠 된 여기쯤서 살면
좋겠다
　아침바다 노래미 도다리 숭어 애기삿갓조개 털게도 만
나고
　쉬엄쉬엄 애쑥국 끓이며 나이도 詩도 친구도 잊고
　갈매기 소리에 아침잠 깨고 하르작 하르작 여유롭게
　서로의 숨결 토닥이며 남은 세월 이렇게 살다 가도 좋
겠다

어미사리

어미는 그 자식 수만큼
어미로 살아온 연륜만큼
자식으로 애절히 목 메인
꼭 그 크기만큼 사리가 생긴다

사리보다야 자식의 생이 귀해
지순한 사랑으로 빚고
온 마음 품은 그 아쉬움이
영롱한 결정체로 남는다

詩

온종일 머릿속에
수많은 말들
보내고 데려오고
눈 감고도 잠 못 들어
이리 저리 어르고 달래봐도
도무지 지겨울 리 없는
달콤함

방가지똥*

산길을 오르다 보니
맑은 개울에 발을 담근 채
신나게 나물 씻는 아주머니

'고것이 뭐냐' 하니 '엉겅퀴'란다
'방가지똥'이라 일러줬더니
'이게 풀인디 방아깨비똥일리 읍지유' 한다

그래 이름이야 아무려면 어떠랴
방가지똥만큼 큰 그 얼굴에 행복이 가득한데
엉덩이를 들썩대며
재미나게 나물을 씻는 모습을 보면서
그 말하길 참 잘했다고 봄볕에 넌지시 말한다

* 방아깨비의 충청도 방언

능금

능금이 붉으면
가을은 다 익었다
한 햇살 풀고 한 햇살 당긴
작은 해가
가지 끝에 총총 달려 더 눈부시다
꾹 참았던 순간
눈앞에 펼친 단단한 풍경소리에
부풀어 오르는 유혹,
쉽게 눈 멀어버린 부끄러움은
더 붉은 꽃단풍 되어 앉았다

시월詩月엔

발파라이소 언덕에서 데려온
네루다의 詩語가 샐러드 볼에 넘친다
새 책의 푸른 갈피 속 여린 물소리
밝은 손 하나 불쑥 튀어 올라
황갈색 햇살 사이로 뛰어 든다

흰머리 오목눈이새는
짙고 깊은 눈썹 하나 남기고
외길의 새장 박차고 나와 첫 날갯짓을 한다
꼬르륵,
거친 식욕에 진동하는 달빛 모여
마른 걸음으로 산언덕 넘어 온다

詩月엔
못 보던 그늘이 한 뼘씩 자란다

노루똥

반쯤 입 벌린 서랍 가득
돌돌 말린 영수증
낙엽으로 반쯤 가린
노루똥처럼 쌓여 있다

무얼 먹고 그 흔적
소복이 한 곳에 모아 두었나

더운밥 함께 넘기고
여린 초록 키우며
둥근 식탁에 둘러앉아 보낸 시간들
나의 성으로 지켜낸 정성이

저 서랍 속에서
붉은 동백꽃 무리처럼
뜨겁다

도토리키

그만한 마음만 내어도
세상은 따뜻하다
도토리키에도 가려지는
진실 앞에서
'도토리키'
작다고 말하지 마라
그만큼이라도 진실하다면
세상은 살만하다

풀치

곰소항 등대 앞에 철없이 몰려와서는
긴꼬리 풀꽃으로 흔들리는 어린 갈치떼
바닷물이 동이 나면 바지락
고둥 비단조개가 맨살의 모래섬을 만나는
대이작도 앞바다의 신기루섬
비바람 마다 않은 아린 시집살이 외길
썰물에 닻 내리고 밀물을 기다리며
각 나게 살길 애초부터 버린
청상에 층층 시집 사는 어린 신부

장터 국밥

오일장
길목에서 만나는 국밥은
장터의 힘받이다
긴 겨울 갓 떠나보낸 풀무더기처럼
촘촘하고 느리게 들러붙어 앉은
난전 상인의, 언 입을 향해
정갈한 얼굴로 돌진하는 국밥 한 소반
반찬이라고는 작은 접시에 봄동 겉절이
그 귀퉁머리에 다진 새우젓 딱 한 젓가락,
고두로 꾹꾹 눌러 담은 흰쌀밥
어떤 이는 땅바닥이 밥상이고
어물전 할배, 난전 할매는
주름진 굽은 손이 밥상이다
먹고 힘내라는,
먹고 힘이 나는 국밥은
이른 봄날
맨 처음 핀 장날의 고명꽃이다

학꽁치

투명한 작은 몸에
하늘과 바다를 모두 담았다
책 많이 읽는 선비처럼 날렵한 눈,
몇 번은 푸른 하늘 쉽게 날아올랐을
청포자락 돌돌 말아 쥔 가녀린 허리
온몸에 소금기 털고 용트림하면
저 바다쯤이야
후루룩
휘감아 단숨에 말아 올린다

겨울산사

산 깊어 빗소리조차 사라진
겨울 산사, 칼칼한 벼루 한점

저 뚜껑 열 때마다 단청은 새 옷 입고,
사명대사 초상화로 환생했다더니
지금쯤 손때 묻고 모서리쯤 닳아야 하건만
성불을 포기했나 먹 갈기를 포기했나

날카로운 언저리는
새댁의 생 속처럼 도도하고
연꽃문양 뚜껑은 좌선하는 비구니 닮았다
깍지벌레로 목숨만 겨우 붙은
앞마당 산다화 닮은 맹맹한 그 모습

"세상만사 제 본분대로 살다 가는 것"
스님의 말은
무관심인지 무심함인지 그곳에 사는
생명들 모두 생인손* 앓는다

* 손가락 끝에 종기가 나서 곪는 병

명주달팽이

그가 지나간 길은 미끄럽다
뒤따라오는 이 상처 없이 지나가라고
수풀 나뭇잎 돌밑 어디든
온몸 던져 걸림 없는 길을 닦는다
앞서 걷는 걸음이라
그의 피부는 늘 따갑고 아프다

'어린 너는 잘 닦인 고운 길로 가거라'

쌉쌀한 삶을 먹고
부드럽게 다독인 길 다 내어놓은
깨진 패각과 몸뚱이
그의 얇은 피부는 짓찢긴 채
人無我에 든다

잘 닦여진 길은,
길이 아니라 그의 살이 녹은 인고다
열두 얼굴로, 온 마음 비우는 일상이다
목숨 줄 줜 밥숟갈
기꺼이 내어주는 초연超然이다

아니,
느린 생 다 내려놓은 그이다

개미

개미는
물 위를 참 가볍게도 걷는다
모두를 비운 제 한 몸
저토록
가볍다는 것을 언제부터 알았을까

제 몸무게보다 더 무거운
나뭇잎 한 조각 베어 물고
물웅덩이에 빠져 허둥대며
죽어도 입을 열지 못하는 저 개미는
분명 어미다

새끼의 밥이니까 생명줄이니까
먼저 깨친 자의 '喝'
말 못하는 고통이니까

오후 다섯 시詩의 풍경

초판 1쇄 발행 2021년 1월 15일

지은이 이몽희 조민자 한경동 장동범 김지숙
펴낸이 강수걸
편집장 권경옥
편집 박정은 윤은미 강나래 최예빈
디자인 권문경 조은비
펴낸곳 산지니
등록 2005년 2월 7일 제333-3370000251002005000001호
주소 부산시 해운대구 수영강변대로 140 BCC 613호
전화 051-504-7070 | 팩스 051-507-7543
홈페이지 www.sanzinibook.com
전자우편 sanzini@sanzinibook.com
블로그 sanzinibook.tistory.com

ISBN 978-89-6545-697-1 03810